자연에 시를 짓고 있어 주어 행복한 건 너

한기봉 시집

시음사
시사랑음악사랑

시인의 말

문학과 창작은 표현의 욕구에서 출발한다고 봅니다.
한 편의 시를 창작하고 글을 쓴다는 것은
자신에 대한 부단한 노력과 고통을 수반합니다.
시는 자신의 경험과 생각을 바탕으로 함축적, 비유적,
기타 다양한 표현의 기법으로 창작하는
문학의 최상위 영역이고 언어의 꽃이기도 합니다.
시인은 글로서 시적 언어를 표현하기도 하고
내면 깊이 잠재된 의식에서
표출하지 못하는 감성을 끄집어내기도 합니다.
저의 제1 시집 "자연에 시를 짓고 있어 주어 행복한 건 너"에는
감성 깊은 글과 서정적인 글로 서술하였습니다.
때로는 이대로 주저앉을 것인가?
일어나 크게 걸을 것인가?
저 자신에게 무한 질문을 하였고
그때마다 가슴 깊이 꿈틀대는 감성 깊은 자아는 저를 채찍 했고
끊임없이 글로 표출하였습니다.
시는 자신만의 시를 쓰는 게 가장 중요하다고 생각합니다.
저자는 독자님들과 깊은 공감대를 형성하고 싶었습니다.
저의 시집을 접하시는 독자님들의 가슴에
따스한 감성의 꽃이 되고 잔잔한 감동의 글로 전해져

함께 시속에서 숨을 쉬며 시인과 독자가 하나의 선에서
깊은 호흡으로 한 곳을 바라보는
문학의 작은 밀알이 되기를 바라며
팍팍하고 메마른 삶에 한줄기 단비가 되고 마음의 치유가
되는 글로
독자님들과 함께할 수 있기를 소망합니다.
감사드립니다.

시인 **한기봉**

♣ 목차

♣ 목차

QR 코드

스마트폰으로 QR 코드를 스캔하면
시낭송을 감상할 수 있습니다.

제목 : 낯선 길
시낭송 : 김이진

♣ 목차

♣ 목차

시 밭을 분양해드립니다

내려 보는 시 밭은 하얀 무지의 단면
시어의 극심한 가뭄에 하얀 단면이 잘려나간다.
시 밭이 백열등의 쏟아지는 불빛 아래
쩍쩍 갈라지는 소리가 단절된 벽에 부딪혀 떨어진다.

시 밭은 하루 이틀 묵혀버리면
쓸모없는 잡 시어들만
퇴적층처럼 쌓여서 시 밭을 갈아엎어야 하기에
시어를 다듬어 심지도 못하고
그날 밤 시 밭은 버려야 했습니다.

밤이 되면 펜을 들고 습관처럼 시 밭을 걸어야 했고
시 칼이 무뎌져 썰다가 뭉개진 시어는
시 밭에 널브러져 한 행의 이랑을 가득 메우고
부실한 시한부 시어는 육중한 손아귀에 구겨진 채
구석에 처박혀 주인의 처분을 기다립니다.

밤하늘 뭇별의 유희를 보면서
팽팽하게 긴장된 정수리에
마약 같은 두통약 한 알로 긴장을 풀어주고
어제 던져 놓은 시어의 씨앗을 다시 모아
한 행의 이랑에 검은 시어를 한 점씩 심어갑니다

미숙한 시어의 씨앗은
서슬 퍼런 펜 앞에서 사정없이 잘려나가고
튼실하게 뿌리내린 시어는
감성으로 베어서, 감동으로 썰고, 공감 넘치게 담아내어
피폐한 가슴에 감성의 꽃으로 피워 드립니다.

시 밭은 언제 시어가 쏟아질지 모르기에
시인은 밤이 되면 시 밭의 책사(策士)가 되어
한 행의 이랑에 불을 켜고 시집(詩集)을 읽어 내립니다.

시의 깊이를 모르는 사람들은
시집(詩集)의 첫 페이지에서 책장을 덮어 버리기도 하고
시집(詩集)에 익숙한 사람들은 시 밭을 비싸게 분양을 해도
창작의 고통을 헤아리며 감사하게 분양을 받습니다.

아직 시 밭에 이르지 못한 시어들은
머릿속 이안류의 그물에 걸려
사정없이 포획되어
무정란으로 산란하기도 합니다.

긴긴밤 불을 밝혀
한 행의 이랑을 길게 일구었고
이랑에 고여 있는 시어가 잘 흘러내리도록
층계의 연을 곱게 나누어
시 밭에 시의 꽃이 피어나면
시집(詩集)의 첫 문에 "시문" 하나 써 내립니다.

시어를 행으로 다듬고 연으로 나누어
감성의 꽃을 피워 분양해드립니다.
시인은 밤이 되면 습관처럼 시집(詩集)과 펜을 들고
시 밭의 책사(策士)가 되어 갑니다.

제 1부

이별의 그루터기

아린 가슴 야윈 사랑

당신 너무 보고 싶은 날이면
저 하늘에 달을 당신이라 여겼지요
비가 내리면
눈물 많은 그녀가
슬퍼 우는 눈물이라 여겨
내리는 빗물에 내 눈물 섞어
하나 된 사랑을 꿈꾸기도 했었다.

땅거미도 슬퍼 내려앉는 서녘의 노을 속
야윈 어깨 위로 떨어진 빗방울이 바람에 흩날려
뿌옇게 물안개로 희석되어 사라지는 아픔도
혼자만의 몫이라 여기며
시린 가슴 부여잡고 살얼음 위를 걷는다.

바람에 날려 나목에 걸린 휴지 조각이
빗방울에 뜯겨 사라지는 등불 같은 사랑을
시리게 부여잡고 버틴다.
실바람만 불어도 먼 곳으로 날려가 흔적 없이 잊힐까
풀잎의 떨림에도 나는 울어야 했다.

바람에 별이 떨어지는 아픔을 겪어도
나, 당신 놓지 않으렵니다.
행여 미운 마음 생기거든
은하수 맑은 물에 미운털 씻어 내어 버립니다.

내 마음에는 내가 없습니다.
내가 없는 내 마음
당신으로 매일 젖고 그리움에 울고 있습니다.
안개처럼 흩날리어
다시는 아니 핀다 하여도
오늘도 먼지 같은 혼자만의 야윈 사랑을 합니다.

슬픈 기억

늘 지켜보던 사랑이 어느 날
온전한 사랑으로 다가와
가슴에 안 겉을 때
심장은 거기에서 멈추었고
꿈은 하늘에서 그림을 그렸습니다.

오늘이 가면 내일도 오는데
아무것도 아닌 걸로 오늘이 마지막인 것처럼
기다려 줄 주도 이해해 줄 주도 몰랐지요.
때로는 버럭 화도 냈고
당신, 너무 사랑해서 그랬나 봅니다.

그토록 기다리고 꿈꾸던 그녀와의 사랑이
짧은 사랑 마지막 이별이 될 줄
그녀가 떠난 뒤 알았습니다.

사랑은 같이 아파해야 하는 게 아니라
사랑할수록 혼자 아파해야 한다는 걸
가슴 한쪽 풀어지지 않는 응어리가
그녀의 기억 속 저편에서
눈물에 씻겨질 때까지……

심지에 피우는 마음

하루를 천년처럼 기다리며 살다가
천년을 하루처럼 사랑하고 싶었다.

찢긴 가슴에
심지로 심어둔 그 이름 하나
내 것이 아니어서 피워낼 수 없는 비루함

그대 이름으로 수 편의 시를 써 보아도
다가설 수 없는 아픔의 굴레는
찍혀진 지문처럼 지울 수 없는 낙인의 흔적
홀로 남겨진 얼음 같은 고독은
달빛 아래 흔들리는 외로운 그림자

그러나 가도 아주 간 것은 아니기에
에둘러 잊히려는 마음은
상처뿐인 가슴에 고름을 짜게 만들고
또 다른 상처를 만들기에
가슴 속 심지에 불을 밝혀
마음속 치유의 시를 써 내립니다.

가을 사색

가을은 새 옷을 입으려
걸음을 재촉하고
농심은 한 톨의 밀알도
인내 품어 보필했다.

마음은 가을의 문턱에서
숨 고르기 연주
가을이 감홍빛으로 채색을 하면
성근 마음은 가을의 문턱을 넘어서고

붉은 나목
애욕의 이파리
바람 따라 한 몸 되어 나뒹군다.

심연의 길

낯선 도시에서
홀로된 두려움을 느껴 보았고
거친 숲을 헤치며
바람의 길을 찾기도 했었다.

해심이 밀어내는 여명에
황홀한 풍경을 보기도 했습니다.

땀에 젖어 떨어지는 기억은
햇살 가득 정수리에 박아두고
달빛 아래 침묵하는 허세로
밤을 새워 걸어왔지만,
눈부신 햇살 아래 더 멀어지는 그림자

두 어깨 흘러내린 햇살 한 줌
발끝으로 흐르고
얼음처럼 굳어진 이름 하나 지울 수 없어
마음속 깊이 품고 산다.

무제

아침이 오면
만물이 소생하는
따뜻한 해가 뜨는데

메마른 가슴은
차가운 한기
오늘도 햇볕은 비추지 않는다.

스스로 채워서
따뜻해 져야 함을
얼마를 더 채워야 하나

머릿속은
텅 비어만 간다.
기억이 끊어진 길을 찾는다.

나를 태우는 침묵

태질하는 바람이
계절의 문턱 끝으로 불어도 흔들리지 않았고
지천으로 피어 흔드는
꽃의 유혹에도 마음 주지 않았습니다.

고독에 익숙한 육신은
여풍의 바람에도 비켜서야 했고
새롭게 피워내는 꽃들의 향기도 외면해야 했습니다.

이제는 그대가 온전한 바람으로 와야 하고
천년의 꽃으로 피어줘야 하거늘

"익숙한 침묵은 조금 더 침묵할 수 있습니다."

너라면 (1) (미련)

이젠 너의 흔적을 다 지워버릴게.
그러니 너도 잊어 주었으면 해
너 앞에 서면 작아지는 내 모습
그런 내가 싫어 널 잊어 준다는 그 말
사실 새빨간 거짓이었어,

널 담아두기에는 내 그릇이 너무 작아 보여
차라리 잘되었다고 혼자 되새기며 돌아섰지

차가운 콘크리트 모난 귀퉁이 탁한 숨소리
식어버린 커피가 폐부로 들어올 때
미련한 사랑을 시리게 부여잡고
연정(戀情)의 늪에서 허우적대는 나를 애써 위로한다.

차가운 바람이 골목을 휘돌아 옷섶을 헤집을 때
시린 가슴 부여잡고 하늘만 쳐다본다.
눈에 뭐가 들어갔나 봐!
자꾸 눈물이 흐른다.

근데 너라면 어쩌겠어?

너라면 (2) (후회)

이젠 널 지워 버릴게.
그렇게 던진 말
이 또한 새카만 거짓이었어,
죽도록 사랑한 만큼의 이별이기에
멀어져 갈수록 그리운 마음은 왜일까?

돌아선 뒤 남은 거라곤
그리움과 회한의 눈물로 바스러진
생각 없는 영혼의 육체만
어둠 속에 홀로 떨고 있을 뿐

사나운 바람이 나를 훔쳐 쓸어가도
삭풍에 견디며 살게 해준 것은 너였기에
너와 내가 머물렀던 아름다운 자리에는
오늘도 이별의 그루터기가
홀로 서려고 서러운 몸부림을 친다.

근데 너라면 어쩌겠어?

계절병

만산홍엽이 산고를 시작할 때
추색의 갈바람이 높은 하늘에 날갯짓을 한다.

주검처럼 다가오는 계절병
풀잎의 바람에도 등불처럼 흔들린다.

추색에 물든 사색의 잎
가을 새가 울면
얼마나 아픈 가슴앓이를 안으로 삭혀야 하나

깊이도 알 수 없는
가슴 시린 홍역을
또, 얼마나 견뎌야 하나

추색이 퇴색되고 잔설이 올 때까지

내일은 어쩌라고

잠겨버린 너의 마음
이제 빗장을 열어줘
슬픔은 하늘에 띄워 보냈지만
다가설 수 없는 그리움은 어쩌란 말인가

허름한 카페
포크송의 슬픈 노래는 왜 그리 슬프던지
낡은 창가엔 추억만 아스라한
이별의 수많은 흔적들

고독한 외로움은 창가에 걸어두고
그리움에 몸부림치며 사는 것도
네가 있기 때문이라지만
수챗구멍에 햇볕은 오늘도 비추지 않는다.

이렇게 하루를 견뎌 보지만
내일은 또 오늘만큼 아플 텐데

더 기다림

약해진 심장의 움직임이
열린 창문 밖으로 힘겹게 박동 수가 올라간다.

그녀가 바람으로 오는가?
황량한 바람 소리 헝클어지는 풀잎의 떨림
나는 가슴으로 느껴야 했다.

밖으로 앉은걸음은 그녀의 바람으로 들어가고
어느 뒷골목 콘크리트 담벼락에 몸을 기대자
미세한 땅의 울림이 들린다.

그녀의 발걸음 소리
나의 심장이 그녀에게로 뛰는 소리다.

나의 가슴앓이는 아직 진행형
강둑에 서서 강을 바라본다.
조금은 더 견뎌야 아침은 오는가 보다.

사랑은 울지 않았습니다

이별의 시린 바람이 불었고
시련에 멍든 아픈 가슴이
미루나무 아래서 눈물은 안으로 삭이고
다시 시작할 용기가 없어서 마음의 창을 닫고 있다.

아픔이 너무 슬퍼서 바다로 흘러가려 합니다.
강물은 너무 황량해
흐르다 기대고 쉴 수 있는
작은 개울을 택했습니다.

옹달샘 맑은 물이 굽이치며 흐르고
송사리 유영하자
가재도 헤엄치고
소금쟁이 뛰어노는
봉숭아 찔레꽃이 피어있는 개울을 흘러갑니다.

이별을, 시련을, 아픔을,
옹달샘 맑은 물에 흘려보내고
푸른 하늘 무지개에 시를 쓰며 다시 일어섭니다.

시련을 딛고

한설이 아니 내려도
마음은 얼어 있었고
뜨거운 여름이 왔어도
가슴은 늘 시리고 아파 왔다.

동살이 비추는 낡은 창문의 덜컹거림
이슬방울 떨어질까
베인 마음은 창을 닫는다.

온기 없는 차가운 가슴
심장의 작은 박동
가는 혈관은 뜨거운 혈액 살아서 퍼덕거린다.

메마른 감성에 불을 지펴
아픔 없는 튼실한 둥지를 틀자
창문 사이 따스한 햇볕 새로운 동행을 한다.

시간 속의 숨

잿빛 먹구름이
바람에 한 겹 두 겹 벗겨지자
햇살 가득 하루는 지구를 힘겹게 돌리고
하루를 한 조각씩 베어 먹는 시간은
느티나무 아래에서 힘겨운 숨을 쉰다.

뜨거운 바람은 꽃잎을 흔들어 깨우고
계절에 쫓기는 시간은
십일 홍 꽃잎을 한 잎씩 썰어 먹는다.

떨어지는 꽃의 배설물
다가오는 계절에 전령을 보내고
시간을 빗겨 앉은 꽃잎은
가지 끝에서 힘겨운 숨을 쉰다.

그게 너라서 (1) (허무한 이별)

가슴이 아파도 아프다고 말 못했고
마음이 누추해도 춥다고 말 못했다.
눈물이 빗물 되어 흘러도 슬프다 말 못했고
이제는 다 견뎠다 싶으면
또 그만큼 밀려오는 아픔

주저앉은 이별의 허무는 멀어지는 그림자
등 돌린 사랑은 얼음처럼 시리고
한 줌 남은 미련은
바람에 흩어지는 보이지 않는 먼지 같은 것

슬픔이 해일 되어 밀려오는 건
그대가 내게 준 내 몫의 이별앓이
허기진 사랑이 그리워도
부질없는 현실 앞에 마음의 문은 창을 닫는다.

달빛은 창에 기대 길게 늘어지고
새벽이면 사라진 별빛의 흔적만 그리워할 뿐
나는 홀로서기 첫걸음을 뗀다.

그게 너라서 (2) (해후)

사랑이 떠나고 지나온 망각의 시간
어둠이 밀려오면 불빛을 소등하고
함께한 추억의 시간 태엽을 풀어본다.

풀잎이 이슬 터는 새벽이 오면
별들은 귀가를 서두르고
달빛 아래 나부끼던 기억을 모아서
부싯돌로 엇 부딪혀 그리움을 태운다.

미열의 가슴 따스함을 느낄 때
너를 볼 수 있는 두 눈의 맑은 혜안
비워진 영혼에 삶을 채워 메운다.

또각또각 너의 걸음
나붓나붓 올 때까지
사립문 울타리 등불을 밝히고
성근 바람 너의 향기 품고 오면
이슬처럼 맑은 너를 만날 수 있을까?

꽃은 쉽게 피길 원치 않는다

땅거미도 슬피 내려앉는 서녘의 노을 속
기약 없는 기다림의 가슴에
사랑의 무게가 무겁게 내려앉는다.

깊이도 잴 수 없는 내 울음의 연정
모래성처럼 무너지나
얼음처럼 차가운 가슴은 방바닥에 등을 대고 눕는다.

밤을 새운 별들의 노래가
풀잎에 이슬 되어 떨어지고
잠들지 못해 애태운 마음은
말라버린 울음의 잔재 하나둘 떼어낸다.

서툰 독백으로 밤을 새운 사랑의 연서는
하얀 백지의 지면에 한 획을 그어가고
그녀가 머무는 곳
그리움에 꽃을 피워 보지만
하나 되지 못한 사랑은 얼음처럼 차가운 가슴이더라.

잔인한 사랑

피워낼 수 없는 사랑은
이미 빛바랜 이별을 봉인했다.

이별은 저무는 거리에 느리게 서성거리고
그리운 아픔이 폐부를 찌른다.

노송의 가지 끝 노을은 하루를 밀어내고
산처럼 굳어진 침묵은 강물의 끝으로 흘렀다.

서리처럼 차갑지만 이슬처럼 맑은 너
허물 수 없는 시공의 벽
굴절된 빛조차 머물 수 없는
틈새의 거리가 너무도 잔인하다.

바람에 실려 하늘에 누웠다
너밖에 모르고 살아온 묵언의 날들이
조각난 파편으로 가슴 깊이 파고든다.

애상(哀想)

눈물 많은 그녀
밤을 새워 울었나요?

풀잎에 내려앉은 이슬도
그대의 눈물인가요?

햇볕에 말라버리면
지켜보는 난,
어쩌란 말인가요?

내리는 비도
그대의 눈물인가요?

가슴에 담은 그대 눈물 빗물 되어 흐르고
온몸으로 받아내는 눈물이 어느새 강물이어라

사람들아

언 땅을 가르고 흐르던 물줄기가
마른 가지 꽃을 피웠고
머무를 것 같은 봄도 저물지 않았느냐?

그 누가 흥분하지 않았던가.

꽃 진 자리가 영글어 붉어지고
대지는 붉게 타고 있지 않으냐?

그러나 이 계절 또한
떠날 것을 예감하고 오는 것을
에둘러 준비할 필요는 없지 않으냐?

비련

잿빛 물든 하늘에
이별의 아픔이 빗물 되어 내리고
거리는 온통 그대 흔적으로
싸늘하게 봉인되어
빛바랜 추억으로 나부낀다.

애써 위로하며 하루를 견뎌 보지만
너 가 없는 텅 빈 가슴
차가운 냉기만 느껴질 뿐
허기진 그리움은 내일로 걷는다.

이제는 널 그리워하는 것도
나만의 욕심이겠지
늘 찾아오는 사랑은
이별을 예감하고 다가오는 보이지 않는 아픔인 것을.......

너 하나뿐이더냐 (1) (침묵)

세상 지는 것이
어디 너 하나뿐이더냐?
그리 슬퍼할 일도 아니거늘
가두고 있으면 썩고 쇠잔해간다.
보낼 줄도 알아야
시작도 할 것이 아니냐?

날개 잃은 새도
추락하면 슬프고 아픈 것을
화려한 꽃도 시들고 지면
허공중에 먼지 되어 날리는 것

사랑도 절정에서
활활 타오르지 않느냐?
식으면 얼음처럼 굳어지고 서리처럼 싸늘한 걸
괴롭고 아프고 슬프거든 침묵하여라.
침묵의 시간이 깨워 줄 것이야

하늘을 보아라,
어디 슬프고 아픈 것이.......

너 하나뿐이더냐 (2) (희망)

묵직하게 굳어지는 체념
허무에 떠는 생의 물결
한 줌의 희망 어둠에 등불을 내다 건다.

다시 피는 기쁨과 새로움은
늘 가까이서 오는 것
하늘을 봐!
하늘도 슬픈 날이 있거든

돌아보면 모두 그만큼의 크기와
무게를 가지고 사는 거야
세상 아프고 슬픈 것이
어디 너 하나뿐이더냐?

이겨낼 줄도 알아야 일어설 것이 아니냐?
떠나간 한 줌 바람은
새벽의 끝으로 내달리고
허기진 영혼 토닥토닥 잠재운다.

홀로 걷는 외로움이 어디.......

깊은 인내

급류의 협곡을 지나
건너지 말아야 할 강을 건너보았습니다.

벼랑 끝에 홀로 서서
삭풍의 바람을 맞기도 했고

사막의 모래 폭풍에
길을 잃어버리기도 했습니다.

얼음처럼 차가운 벽의 단절
주저앉은 그림자의 잔영도 보았고

날 선 돌부리 험한 길을
굳은 발
꿈을 앉고 걷기도 했습니다.

암흑 길 외로운 여정의 노독 앞에
퇴적층처럼 쌓여 펼쳐진 길이
이방인처럼 낯설게 느껴질 때
지나온 길의 풍경이 가야 할 길 위에 무겁게 누워있다.

회상

얼마나 살아왔나
삶의 무게가 너무도 무겁다.
버려야 할 것들
채워야 할 것들
엇갈린 블록들을 모아서 벌어진 틈새를 잇는다.

깊어지는 삶의 주름
허무한 생의 물결
미완의 독백에 걸음을 멈춘다.
뒤틀려 옹이진 가지는 모두 자르고
회생의 마음 가지 하나만 남긴다.

양식의 언어로 굶주림을 채우자
마음이 풍요로워졌고
쿵쿵거리던 삶이 잠잠해졌다.

비운 만큼 채워줘야

우물의 깊이를 알지 못해
두레박은 쉼 없이 우물을 퍼낸다.
퍼낸 만큼 채워지는 우물
깊이를 알 수가 없다.

사랑의 깊이도
알려고 하지 마라
깊이를 알려고 하면
그 사랑은 이미 금이 가고 있는 거야

사랑은 우물과 같아서
아무리 줘도 채워지지 않는 거야
채운 만큼 비워지는 게 사랑이야

사랑은
늘 그렇게 굶주리게 아프더라.

상실감 거기서

비 오는 하늘 때문인가
잃어버린 기억 때문인가
비가 오면 머리가 하얘진다.

텅 빈 머릿속
생각 없는 영혼의 육체만
언제부터 홀로 빗속을 걷고 있다.

비 오는 날
잃어버린 우산처럼
너와의 추억을 기억 하고 싶지 않은 거겠지

이렇게
너와의 추억이 낯설게 느껴져
걸어온 길을 자꾸 돌아보게 되는 건

흐름의 순리

사랑도 내리사랑이고
흐르는 물도 아래로만 흐르지 않느냐?
바람에 흔들리지 않는 것 또한 어디 있으랴

내일로 가는 꿈들은 애처로운 몸부림
시간 속 추억은 처마 끝에 걸어두고
비틀거리더라도
넘어지지 말고
아름답게 익어가며

멈추지 않는 시간
분침의 소리에 시침은 하루를 데려가듯이
우리는 조금씩 소멸해 간다.

물음표

사랑과 그리움
향기가 있는 걸까?

이 향기를 모아서 태우면
어떤 냄새가 날까?

세월의 강에 흘려보내면 잊힐까?
한 잔 술에 타서 마시면 잊힐까?

마음

그대여,

먼 데서 서리꽃의 차가운 바람이 불어오고

새빨간 꽃잎이 떨어져

초라한 꽃대가 시리게 흔들리면

머물던 마음이 떠난 줄 아세요.

비애

내 마음 발길 따라
그녀에게 갔는데

그녀는 다른 곳을 보고 있으니
냉기에 시큰한 마음이 아파 온다.

흐르는 눈물 감추려
잿빛 가득한 하늘만 쳐다본다.

어디서 불어온 무심한 바람은
옷섶을 헤집고 아픈 가슴 후벼 파니

침묵으로 돌아선 발걸음
이제 홀로된 사랑이어라

나를 찾아서

폭풍처럼 지나간 세월 살얼음을 걸었다.

냉철함을 잃지 않고 살지만
가슴 한쪽 풀지 못한 매듭이
타래처럼 엉켜 있어도
비켜 갈 수 없는 시간 앞에
웃음으로 마주해야 했다.

냉엄한 현실 앞에
나 자신을 채찍도 해 보지만
인생의 쓴맛과 단맛도
한 페이지의 일기장에 채워 넣어야 했다.

검던 머리는 희어져 휑한 머리카락
표정 없는 얼굴
주름진 삶의 굴곡도
초라하고 자신 없는 모습이 되어
내 안에 나를 가두고 있다.

거부할 수 없는 세월의 여정 앞에
어제의 모습과 오늘의 모습이
어색하게 마주하지만
어디에도 당당한 나의 모습은 찾을 수 없다.

사랑의 늪

사랑
그 달콤한 유혹
시작은 무지개처럼
아름다운 꿈을 꾸기도 하고
장미처럼 붉게 피워 내는 열정을 쏟기도 하지

사랑
그 헤어짐은 무 자르듯
헤어지자는 한마디에
공기를 가르는 비수처럼
가슴 한쪽을 도려내는 아픔을 겪기도 하고
그 사랑이 없으면
견딜 수 없는 슬픔을 겪기도 하는 게 사랑이다.

그러나
잊혀 다시는
아니 피우겠다고 하면서
미련한 사랑에
오늘도 허기진 배만 부여잡고 버티는 것은.......

구애의 유효 기간

어둠의 정적
파도는 바람에 밀려오고 쓸려가며
혼자 고음의 노래를 한다.

별은 어둠에 길을 잃고
바다에 떨어지고
바다는 별들의 노래에 곤하게 잠이 든다.

한낮의 아우성과 발자국
광기가 사라진 아직은 미열의 백사장
옆으로 깨알처럼 쓰다가 지운 여름의 흔적

당신 더듬거리며 내게 한 말
날 사랑한다는 그 말
아직도 유효한가요?
그때는 말할 수 없었지만
이제는 말해 드릴게요.

저요,
이 가을에는 흔들릴 준비가 되었거든요.

심연

그 임은 와도 온 것이 아니고
가도 간 것이 아닙니다.

그저 이름 없는 꽃 한 송이
피었다 질 뿐

차마 떨쳐 내지 못해
가슴 속에 묻어두는
감성의 씨앗이 되었고
내가 살아가는 침묵의 이유입니다.

밤의 노래

해와 달이 교차하는 하늘은
그대 홍조 띤 얼굴
강물은 미풍에 여울지며
모래톱을 넘실거린다.

강기슭 금계국은 노랗게 피어있고
잔디밭 연인들은 구름 위를 걷는다.
한 무리 청둥오리 쉼 없는 자맥질
갈대는 풀잎의 노래를 하고
하나둘 가로등 불빛은 긴 밤의 서막을 알린다.

금빛 노을 강기슭에 빠르게 멀어지고
달님은 먼 길을 내려와
강물과 한밤의 정사를 벌인다.
북두칠성 자루바가지 별들을 쓸어 담아
지상으로 뿌리면
여름밤 잠들지 못하는 애끓는 연민은 새벽으로 흐른다.

애달픈 갈증

처마 끝 아래로 어둠이 기어들면
밤을 깨우는 게으른 풀벌레 울음소리
부엉이 동공은 커져만 간다.

한지 창에 기댄 달빛의 흔들리는 음영
창밖은 차가운 바람의 유희
만월의 그림자 처마 끝에 걸어두고
그리운 눈물은 달빛을 피해 어둠 속으로 숨어든다.

반을 담아내면 하나로 비워지는 마음은
내 것이 아니어서 담을 수 없기에
외로운 먼 길을 홀로 걸어왔지만
가슴엔 아무것도 채울 수 없었다.

흐트러진 마음은 감추어도 삐쳐 나오고
한 줄기 빛조차도 내 것이 아닌 그대 그리움
풀지 못해 꼬여지는 매듭은
눈을 감아도 마음은 늘 먼 길을 떠난다.

애증의 길

박명으로 돌아누운 마음은
노을빛 능선을 넘어가고
고갯마루 넘실대는 바람에 성근 마음이 길을 나선다.

낯선 거리의 발걸음은
인도 위에 머뭇거리고
추억은 거미줄에 걸려 기억마저 혼미해진다.

금빛 노을 음영이 바다로 기어들어
해심을 품으면
달빛 창가 그리운 마음은 눈시울을 붉힌다.

휘영청 달그림자
격자무늬 한지 창에 머리를 기대면
흔들리는 외로운 고독은
고요한 미풍에 잠이 든 줄 알아라.

오월의 시

뻐꾸기 슬피 우는 오월
감자 꽃 푸른 잎에는 이슬도 오래 머물지 못했고
모란꽃은 선혈의 눈물을 흘리었다.
해 질 녘 불어온 바람은 마당을 돌아 나갔고
땅거미 슬피 내려앉을 때 당신을 데려갔습니다.

슬프디슬픈 오월의 어느 날
당신은 가셨어도 가신 게 아닙니다.
차마 떨쳐 보낼 수 없어 가슴에 묻어야 했습니다.

연둣빛 아름다운 계절,
그러나 너무도 잔인했던 계절,
그리 가신 빈자리 누가 채우라 하십니까?
피땀으로 일구시던 감자밭은 꽃이 무성하게 피었습니다.

활짝 핀 감자 꽃은
그때도 당신의 웃음에 흔들리고 있었지요.
너무도 아름다운 계절에 가셨기에
슬퍼도 당신 흔적 보듬어가며 오월을 보내렵니다.
오월의 감자밭은 어머님의 따스한 품입니다.

나그네의 하루

무색의 채도 숨 막히는 회색 도시
어둠이 한 조각씩 베어 먹을 때
도시는 밤의 향연으로 광란의 질주를 하고
인고의 나그네 하룻길
뒷골목 가로등은 희미한 등대로 불을 밝힌다.

허름한 뒷골목의 선술집
한 잔술에 나그네는 힘든 하루를 내려놓는다.
나그네 술잔은 깨어졌나?
술독은 빠르게 비워져 간다.

선술집의 조명도 졸고 있고
나그네의 지갑은 가벼워져 먼지만 날린다.
가로등 아래 나그네 긴 그림자
밤의 어둠 속으로 멀어져 간다.

침침한 가로등은 무거운 눈꺼풀만 껌뻑거리고
상가의 불빛이 소멸되자 어둠은 도시를 잠재운다.

바람의 연서

잿빛 노을의 풍경
금빛 잔영이 언덕을 넘을 때
둘이서 함께 걷고 싶었지

미풍의 바람이 언덕 위를 넘실거리면
풀잎 싱그러운 달빛의 연서를 써 보내겠습니다.

그대는 쓰실 말이 없으시면
"?" 만 찍으시고
비워진 여백의 공간을 보내세요.

못다 쓴 애달픈 마음
바람에 다 실어 보내겠습니다.

임의 바람

바람이 분다.
바람이 분다.
강 건너 바람이 분다.
내 안의 바람이 강을 건넌다.

몽롱한 버드나무 기지개를 켜자
마른 가슴은 파문이 일렁이고
허무의 바람에 꽃들의 화피가 떨어진다.

말없이 흘러가며 살다가
거뭇한 강가에 서서 갈대의 흔들림을 보다가
여울지는 물결 무지갯빛 희열을 느끼며
나락으로 떨어지는 나를 버리고
숲으로 숨어들고 싶었다.

바람은 멈추는 것이 아니라
지나가는 것인데
이렇게 흔들리는 나는 누구이며
이 바람은 또 무엇이란 말인가?

절반의 번뇌

걸어온 길을 돌아본다.
발자국이 지워졌다
시간의 기억도 지워졌다.

지나온 발자국이 뚜렷하다
살아온 생이 주마등처럼 스쳐 간다.

삶에 이정표를 찾고
가야 할 길을 나선다.

걸음을 떼자
가야 할 날들이 숙제가 되어 연줄에 걸린다.

연자매를 감아 하나씩 풀어본다.
긴 여정의 길이다.

비

안개 자욱한 푸석한 대지에
하늘이 정갈한 눈물을 쏟아 내고 있다

이름 모를 영혼들이 지나간
상흔의 검은 아스팔트
무채색의 빗방울이 어루만져 씻어낸다

강을 건너고
거친 들녘을 지나
메마른 산을 흔들어 깨운다.

흔드는 바람이 오고 있다

여름새 매미가 퇴청하는 정오의 햇볕 아래
마지막 고음의 정사를 벌이고
천년의 시공 속으로 몸을 던진다.

산 너머 가을 새의 가는 숨소리가 들려오고
밤새 핏빛 혈의 바람은
천상의 끝에서 수혈의 여부를 담금질한다.

혈의 바람이 불면
내가 흔들리는 것이 아니고
혈의 바람이 나를 흔드는 것이다.

시의 침묵

누구의 가슴엔들
시가 꽃피지 않으랴
다만 피워내지 못하고 있을 뿐
해를 돌아 달을 보며 피워내길 간절하게 기도했다.

누구의 가슴엔들
시처럼 살고 싶지 않으랴
세월 앞에 메마른 감성이
저무는 낙조 앞에 울고 있구나.

살다가

시처럼 살다가
꽃처럼 지고 싶었고

바람처럼 살다가
구름처럼 사라지고 싶었다.

태양처럼 뜨겁게 살다가
석양처럼 노을 지고 싶었고

그러나
살고 지는 것이
다, 내 뜻이 아니기에
천년의 굴레 어제의 꿈을 꾸고
내일은 또다시 살아가는 꿈을 꾼다.

번뇌

나의 껍데기는 기억 속 저편
어둠에 묻혀 하루를 비틀거리고
내가 바라고 갈망하는 것은
머릿속을 돌아 나가는 이안류

무뎌진 기억
하루를 걸어 보아도
내가 알려고 하는 세상은
차가운 빗살무늬 금속으로 소멸해갈 뿐
나에게 아무런 해답을 주지 못했다.

내가 살아온 세상
기억 속 저편에서
조금의 위안을 얻을 뿐

제 2부

자연에 시를 짓다

꽃의 시각 (1) (씨앗)

꽃이 피는 것은
열매를 맺고
씨앗을 틔우기 위해
피는 것이다.

아름다움을 발산하기 위해
피는 것은 결코 아니다
이 세상 아무리 하찮은 들풀의 꽃도
덧없이 피는 꽃은 없으리라

열매를 맺고
씨앗을 틔우고
또 한줄기 한 그루
생명의 뿌리를 내리기 위해서

오늘도 자신을 태워서
낙화하는 아름다운 꽃의 산고를 치른다.

꽃의 시각 (2) (낙화)

꽃이 핀 자리는 부르지 않아도
벌, 나비가 날아든다.
사람의 시선도 꽃으로 쏠리고
시인의 시심도 빛의 속도로 생성된다.

꽃이 진자리는 모두 떠나고
빛의 잔상도 사라졌다.
사람의 시선도 멀어지고
시인의 시심도 돌아선 지 오래다.

떨어지는 꽃잎들만
피폐한 대지에 옥토의 밑거름이 되고
그 위에 지나가는 빗방울이 떨어지면
뿌옇게 기포가 피어오르는 흙냄새

고요의 정적
푸르른 가지들만
지나가는 실바람에 나풀대며 춤을 춘다.

계절의 길목

한 계절 이글대며
붉게 태우던 열정의 여름이
갈바람에 밀려 여름새 매미와 마지막 축제를 즐긴다.

통나무집 산장은 가을 색 옷을 입고
북쪽으로 누웠고
하늘을 잡을 듯 높아진 가을 산은
자줏빛 사색의 동화
계절은 가을 새와 감홍 빛 조우를 한다.

산마루 여름 해가 넘어갈 때
가을은 노을빛 음영에 붉게 채색되고
감성 깊은 마음이 만추에 흔들릴 때
가녀린 코스모스 하늘 향해 피어나면
코스모스 향기 따라 가을로 들어갑니다.

단풍

왜?
제가 붉어졌느냐고요
저도 처음에는 풋풋한 처녀였지요.

그런데 제가 성숙하니
당신들이 저를 그렇게 좋아하고
그윽한 사랑의 눈길로
주파수를 마구 던지시니 제가 견딜 수 있어야죠

그래서
옷을 벗고
햇볕에 조금 태워서
몰라보게 하려고 했는데 그만 깜빡 졸았네요.
너무 태워서 이렇게 붉어졌답니다.

제가 좀 더 붉어지면
당신들 속은 더 빨갛게 타들어 갈 걸요
외로움과 사랑으로 추락해도 좋을 만큼

가을의 단상

바람에 덜컹대는 창밖의 소리
가을비가 울부짖으며 창을 두드린다.
커튼을 열고 창밖을 보니
늦은 밤 가을비가 시리게 울며 내린다.

플라타너스 넓은 잎 위로
떨어지는 빗방울이 낙엽을 앉고 떨어진다.
가을의 부고다
저무는 가을의 소리다
가을의 절규가 비가 되어 내린다.

비바람에 날려 온 한 잎의 낙엽
유리창에 부딪혀 서럽게 울부짖는다.
지는 가을을 더 아프게 한다.
소리 없는 스산함이 골목을 지나간다.

가을이 창을 닫을 때 마음은 커튼을 친다.

산딸기

암술과 수술이 한 몸 되어 피어난 꽃
산비탈에 열었느냐?

농익은 붉은 욕정
가시 끝에 울고 있는 산처녀야
산 벚나무 가지 끝 늘어진 햇살
알알이 양 볼을 태운다.

산비탈 돌아오는 바람의 유혹
푸른 잎은 방풍을 친다.
저녁노을 능선을 넘어가고
달빛 없는 밤하늘 기나긴 밤은 너무도 서러웠다.

차가운 밤이슬 눈물짓는 산처녀야
어둠이 내려와 산처녀 보쌈을 한다.

계절의 생 (2) (여름, 가을)

푸름이 색조 화장을 덧칠할 때
거친 이파리 붉게 멍들고
찬 서리 만추의 풍경
고독한 사랑은 달음질을 친다.

서걱대는 억새의 하얀 숨결
풍경처럼 걸어 놓고 여름을 보냈다.

갈잎을 태우는 처절한 몸부림
침묵의 시간
저무는 가을은 늘 시리고 아프다.
지평선 하얀 순백의 설 꽃을 보며 가을을 보냈다.

어우러져 넘어가는 계절
세월의 바람이 잠든 나를 깨우면
고독한 생의 그림자
삶이 뭉클해진다.

사월과 오월

마른 나목의 가지 끝
이슬 맞고 피워내는 꽃망울을 보았지요.
형용할 수 없는 꽃의 향연도 영원할 수 없기에
잠시 흔들다 추락하는 아픔을 보았습니다.

피워낼 때는 이미 지는 것을 알기에
크게 마음 주지는 않았습니다.
그래도 아쉬운 사월의 미련에
은하수 달빛 아래 떠나는 사월의 막차를 탑니다.

화려하게 피워 내고 지는 마름의 고통도
안으로 보듬고 감싸 주었지요
탄생의 열매를 맺기 위해
연둣빛 푸른 잎을 찬란하게 밀어냅니다.

그러나 그 또한 영원하지 않기에
잠시 푸르다. 갈 뿐,
짧은 기간 만나야 하기에
샛바람 동살이 비추면 오월의 새벽 첫차를 탑니다.

민주 바람꽃

거뭇한 산허리
석 병의 바위틈
아침 이슬 소리 없이 내려앉고
떠나갈 바람은 계절을 잊었다.

봄은 겨울 나목 가지 끝에
느리게 서성거리고
떨어지는 꽃의 화피여
못다 한 사랑 바람의 꽃으로 피워 냈나?

거친 숨에 꽃대를 밀고
여린 숨에 꽃잎을 열었다.
외면당한 고독한 피사체
최고의 의상을 입고 화답한다.

고개 숙인 수줍은 소녀야
수술들이 시리게 떨고 있다.
너의 인품이 너무 고와
바람 앞에 마음의 치유를 얻는다.

낯선 길

걸어온 발자국이
기억을 지울 때
남겨진 발자국
가야 할 목적의 부표를 찾는다.

지나온 세월의 풍광들
다가오는 낯선 두려움은
차마 강을 건너지 못하고
강물이 말라 길을 터주길 바라는
목자의 심정,

지워진 기억은 비워내고
낯선 곳을 맞이하는
긴 여정의 해후,
아침햇살 눈부신 미간
멀어지는 달그림자
가벼운 발걸음 첫발을 뗀다.

제목 : 낯선 길
시낭송 : 김이진
스마트폰으로 QR 코드를 스캔
시낭송을 감상할 수 있습니다

봄의 소리

살을 에는 무채색의 바람이
벼랑 끝 남쪽에서 위태롭게 서 있고

환희의 유채색 바람은
북쪽으로 그네를 탄다.

폭풍 한설, 동토의 바람
땅끝은 '쩍쩍' 배를 가르는 소리

새싹은 산고에
여린 숨소리를 낸다.

메마른 가지 끝 '톡톡' 터지는 소리
꽃봉오리 아침 햇살에 방긋 웃는 소리

꽃잎의 소리 없는 아픔
산고의 진통이 시리고 아프다.

동토의 바람

봄의 향기에 취한 유채색 바람이
등고선에서 회오리의 유영을 하다
서설의 상고대 앞에 몸부림을 치기도 했다.

살을 에는 벼랑 끝은
쉴 곳이 없어 방황도 했고
얼어붙은 강물은 싸늘한 배웅
미끄러져 강을 건너야 했다.

산비탈 언덕 아래 샘을 돌아온 바람은
매화 향, 산수유 향기에 취해
떨어지는 매화 꽃잎 보기만 하리오?
주막에 쉼을 내려놓는다.

저녁노을 구름에 걸치고
매화 향기 바람을 막고 있다.
주막집 아낙네의 나풀대는 치맛바람
바람은 술잔을 비우고
만월의 달빛 아래 이 밤 거하게 취해만 간다.

목련

순수함의 꽃이여,
소녀의 눈망울 같은 꽃이여,
여인의 속살 같은 꽃이여,
하얗고 영롱한 꽃망울 해맑은 동심의 혜안이다.

하얀 순수함 헐벗은 동면의 계절
동트는 아침 순백의 꽃으로 깨웠고
이슬 터는 너의 모습 때 묻은 나를 돌아보고
너의 잎이 떨어질 때 나는 고개를 숙여야 했다.

하늘 향한 입맞춤 하얀 순결함의 꽃이여,
햇살도 눈이 부셔 능선을 넘어가고
만월의 달빛 아래 하얀 꽃비가 내린다.

복수초

노란 꽃망울
빗살무늬 푸른 이파리
동면의 땅
서설을 헤집으며
몇 날 몇 밤을 해와 달을 돌아왔을까?

여린 꽃잎 속살 열어
몽환의 봄을 깨우고
연붉은 꽃대 올곧게 피워냈다.
서설 속에 잉태한 개화의 아픔이 오죽했으랴

산고의 아픔
굽어본 노송
굳어진 옹이 기지개를 펴고
큰 가지 흔들어 복수초의 만개함을 세상에 알렸다.

너의 고혹스런 자태 앞에
혼절하는 계절아
겨울과 봄 사이

할미꽃

햇살의 그림자 땅으로 기울고
달빛에 잠식되는 허무함
벼랑 끝 홀로 피는 고루한 꽃이여
살을 에는 강바람 화려하게 피워냈다.

양지 바른 언덕 희고 가늘어진 머릿결
살아온 세월 튼실한 뿌리는 내렸지
가녀린 꽃대, 굽어진 등허리
보랏빛 꽃잎 노란 꽃술은 하늘을 그리워했을까?

햇볕이 따가운가?
빗방울이 때리는가?
고개 숙여 땅을 보는 아픔이여
숙여진 꽃봉오리 어찌 그리 예쁘단 말인가?
빨갛게 홍조 띤 속살 수줍은 여인 발그레 혜안이다.

어머님 무덤가엔 할미꽃이 없었고
활짝 핀 할미꽃의 수줍은 미소는
살아생전 당신의 홍조 띤 혜안의 모습입니다.

매화의 산고

긴 겨울의 끝자락
떨고 있는 나목이여
매화나무 가지 끝에 물이 오른다.
겨울도 아니고 봄도 아니었기에
새벽이슬 마른 가지 푸른 잎은 없었다.

앙상한 가지 끝 피워 내는 꽃망울
향기 뿌리는 절세 매향(梅香)의 꽃이로다.
잎보다 먼저 피어 향기를 내느냐?
잎도 없이 피워내는 매화의 산통
가지 끝 겨울의 잔재를 지운다.

하얀 꽃향기 날리며 흩뿌리는 매화의 눈물이여
그 눈물 마르기 전에
너와
꼭! 한번 마주하고 싶구나.

어부

하루해가 허리를 접고 돌아누울 때
조업에 나갔던 어부의 배가 항구에 들어오고
항구는 배와 사람들로 분주하게 움직인다.

항구를 찾은 손님들은 뿌연 달덩이처럼 곱다
하루를 바다와 사투하던 어부의 처진 어깨
고단한 육신, 무거운 발걸음은 천근의 무게

저녁 밥상을 받은 어부의 두 눈에 눈물이 고인다.
일몰은 바다에 잠기고
비릿한 항구의 냄새는 갯바람에 쓸려가고
어부는 방문을 닫고 옷을 입은 채 쓰러져 눕는다.

인고의 세월 앞에 주름진 생의 그림자
물비늘처럼 반짝이는 따스한 미소로
내일은 그렇게 마주하고 싶습니다.

정동진 부채길

닭의 울음이 잠자던 바다를 깨우고
붉은 기운이 하늘의 문을 열자
천년을 잠자던 해안단구 부채길이 열렸다
궁금했다
신비로웠다
경이로웠다

억겁의 세월 갯바위의 끈질긴 해조음
침묵의 시간이 빚어낸 절경에 가슴 벅차오른다.
고립된 세월 눈부신 해구의 조각품
세월이 말할 뿐, 설명도 수식어도
거친 파도 하얀 포말 속으로 소멸해 갔다.

천 년을 품은 해안단구 우뚝 선 부채 바위
빗살무늬 부챗살 굴곡의 세월
해풍과 파도는 잠든 영혼을 깨우고
세월 속 묵묵히 굳어진 시간들
빛바랜 조개껍데기의 해묵은 언어들
미역 줄기 타래에 걸고 개방된 문명과 첫 조우를 한다.

화려함 뒤의 비루함

꽃은 불멸의 생존을 꿈꿀까?

사람도 꽃도 세월의 흐름 앞에
퇴색되고 그늘지는 모습
서로 닮은 이면의 모습을 본다.

화려한 모습
낙화의 아픔
너의 황홀한 모습 차마 바라볼 수 없었고
주름지는 모습 마음 아파 외면할 수 없었다.

축복의 순간
가장 화려한 자리에서 빛났었고
슬픔의 순간
가장 슬픈 자리에서 침묵했던
가련한 꽃의 모순이여

사람들은 지는 너의 모습에
싸늘하게 등을 보이지만
다시 피워 내는 찬란함을 기다리며
양면의 모습을 숨기고 산다.

겨울밤

달빛의 그림자가
사립문 울타리에 머리를 얹는다.
어둠 속 반짝이는 하늘에
작은 구멍이 하나씩 생긴다.
별들이 크고 작은 구멍으로 빛을 보내고 있다.

구름 사이 달빛은
창문 밖에서 기웃거리고
불을 끈 방안은 한기가 느껴져 너무도 추워 보인다.
우사의 워낭소리가 들려오고
문풍지 바람에 군고구마 냄새가 난다.

정지 아궁이에서
고구마가 구워지고
긴긴 겨울밤은 깊어만 간다.

밤바다는 내일도 운다.

어스름의 밤바다
석양은 바다로 기어들고
검푸른 바다는 노을빛도 비추지 않는다.
갈매기 무리 지어 갯바위에 내려앉고
파도의 울음소리만 백사장을 쓸어 앉고 들어간다.

해풍이 쓸고 간 백사장은
은빛 모래만 휘날리고
한낮의 흔적들은 만월의 그림자에 조각처럼 굳어있고
외로운 연인들
밤바다는 오늘도 사랑을 엮어 준다.

밤바다를 찾는 아픈 사연들은
삶의 고행을,
허기진 사랑을,
이별의 아픔을,
검푸른 바다에 내려놓고
울부짖는 파도 앞에 온몸으로 읊조리고 있다.

계절의 생 (1) (겨울, 봄)

땅의 울림이
미세한 진동으로 들려온다.
씨앗이 산통을 끝내고
껍질을 탈피하는 소리다
복사꽃, 매화 향의 떨림
낙화의 아픔으로 겨울을 보냈다.

태양의 이글거림
대지를 녹일 듯 다가오는 혈의 기운
온몸으로 안으며
천년 고목 느티나무 아래서 봄을 보냈다.

비움도 채워주는 자연의 숭고함,
아낌없이 내어주며
저무는 낙조 앞에
계절은 음악의 소절처럼 넘어간다.

나 그리워하리라

낙엽송의 낙엽이 노랗게 물들고
황톳길 맨발로 걷는 발끝의 촉감이 너무도 좋은 곳
소나무 솔방울이 떨어져
바닥에 까맣게 수를 놓는 곳

겨울이면 너무도 추워
문고리에 손이 쩍쩍 달라붙었고
밤새 내린 눈은
아침이면 어른 키를 훌쩍 넘어버렸다.

집집마다 추운 겨울
아궁이에 군불을 피우고
산골 마을 굴뚝에는 연기가 모락모락 피어오른다.

이 무슨 향수에
뜨거운 가슴이 울컥한다.
추억이 주마등처럼 지나간다.

불혹의 물음

묵묵히 걸어온 길 얼마나 왔을까?
앞만 보고 왔는데 생의 반환점을 돌아버렸다
아직도 가야 할 길 얼마나 남았는지
쉼 없이 온 길 무엇을 채우며 왔을까?

삶의 애착, 허기진 바람
저무는 생들은 가을을 넘어 겨울로 걷고 있고
되돌아보니 굳은살의 발바닥
굳어진 뼈마디의 삐걱거림
닳아서 버려진 수 컬의 신발 먼지만 아롱진다.

걷다가 멈춘 인생
세월 앞 묵직한 탄식의 연민
주름진 살가죽 아픈 관절의 묵직한 신음
저무는 꿈 겨울의 서설 앞에 헛헛한 웃음만 나온다.

멈출 수 없는 인생 유약한 반목의 다짐들
긴 눈썹 흐려 바람에 맡기고
문풍지 틈새의 시린 바람이 나를 깨우면
하늘을 덮는 어둠에 불빛을 소등하고 나를 돌아본다.
아침이 오면 신발은 닳고 또 닳는다.

나이들은 탓일까 (1) (추억)

산골 마을 산비탈엔
머루 다래가 지천으로 열어있었다
등하곳길 책 보따리 던져놓고
머루 다래 따 먹느라 시간은 잊은 지 오래고
새소리 다람쥐 길동무
깜장 고무신 추억에 나이 들은 탓일까?

우리가 살던 곳 말고는
세상 밖은 몰랐던 거지요
그렇게 나이 들은 탓일까?
가난해도 서럽지 않았고 사람들은 욕심이 없었다.
외로워도 무어라고 할 까닭도 없었다.

우리는 너무도 순수하고
깨끗해서 서로를 닮아갔다
저기 멀리 비포장 길 트럭 한 대
뽀얀 먼지 날리며 오고 있는 풍경
그곳에 가면 잃어버린 동심의 깜장 고무신이 있습니다.

나이들은 탓일까 (2) (동심)

강냉이 보리밥의 밥상이 전부였다.
우리는 서로 믿고 만나면 정답고 좋았었다.
맑은 하늘 아래
개울가 모래 틈에서 돌멍이 들추고
버들치 가재 잡으며 나이들은 탓일까?

비포장 길 살살이 꽃
굽이지며 흐르는 작은 개울에는
물봉숭아 초롱꽃도 지천으로 피어 있었다.
해가 지면 친구 집 굴뚝에선
모락모락 연기가 피어나고
아침이면 풀잎에 내려앉은
이슬 보며 나이들은 탓일까?

우리는 너무도 순수하고 깨끗해서 욕심이 없었다.

끝없는 사유

생들은 땅의 넓이를 알지 못해
경계의 담을 쌓고
단절의 선을 긋는다.

새들은 하늘의 넓이를 알기에
무한 경계의 선을 넘어가며
활공의 날개로 구름 위를 넘나든다.

그러나 모든 생은
한 줌 바람으로 소멸해 갈 뿐

땅의 넓이도 모르면서
하늘을 원망하는 어리석은 생들은
한 평의 땅끝에서 아우성만 늘어간다.

가을과 겨울 사이

한 서린 소리가 바람에 운다.
외투를 입은 나목
한 잎의 낙엽이 마지막 가을을 춤춘다.

애잔한 흔들림, 시리게 울던 가슴들
길을 잃고 방황하던 쓸쓸한 추남과 장미들
마음속 가을의 언어를 채우고
본래의 자리로 돌아가는 계절의 막차를 탄다.

가을이 화려하고 웅장한
비창의 피아노 콘서트를 끝내고
등고선에 하얀 휘장을 치자
소리 없는 한기가 천상에서 내려온다.
불타는 가을의 잔재 하얗게 어루만져 덮어준다.

서걱대는 찬바람이 가을의 부고를 알리자
등짝에서 한기가 느껴진다.
산 아래 너와집
주막의 굴뚝 따스한 연기가 피어오른다.

강낭콩

꿈틀대는 숨결
제멋대로 흐르는 물줄기
들숨과 날숨 땅의 끈적임
자궁은 양수를 뿜는다.

솟구치는 탄생의 외침
낯선 공간의 두려움
가려는 방향은 지도가 없었다.

야리야리한 줄기는 곡예를 탄다.
빨간 입술 훔치던 꿀벌은 사라지고
빛바랜 잎사귀 거친 줄기 부여잡고
풀어야 할 계절의 숙제 그리도 많았던가?

알록달록 줄무늬 짙어가고
누렇게 퇴색된 잎사귀
하나둘 떨어질 때
떠나는 계절 차가운 이슬이 내린다.

겨울은 이렇게 올 것이야

겨울은 북쪽의 하늘에서
순백의 기침으로 올 것이야
하늘에서 가장 낮은 등고선 상고대가
하얀 순백의 수의를 입으며
잔설은 설화를 그리면서
하얀 장막을 치고 만추의 부고에 예를 갖춘다.

사철 푸른 청솔은
엄동설한의 겨울을 조금 빗겨 앉아
하얀 겨울을 엿보고 있다.
대지는 밤새 흰서리가 덮어주는 순환의 되풀이
서설을 기다리며 땅의 울림은 조금 굳어져
숨소리는 거칠어질 것이다.

문풍지 바람 소리는
한기를 느끼게 할 것이고
겨울이 빗장을 열면 가슴은 하얀 입김의 숨소리
긴 여정의 겨울 앞에
순백의 설화를 까맣게 그려 갈 것입니다.

자정의 시계

하루해가 서쪽으로 둥지를 틀 때
그림자 길게 드리운 거리 모퉁이에
하늘을 바치고 선 큰 은행나무 한 그루
바람도 눈치를 보며 빗겨 지나간다.

나무는 가지를 흔들어
노란 나비를 수없이 날려 보낸다.
헐벗은 가지는 바람에 울고
거리는 싸늘한 고독의 낙엽만 나부낀다.
마음의 가을도 싸늘해져 옷섶을 여민다.

가을의 밤은 만월의 그림자에 깊어가고
먼 산 달빛의 움직임 부엉이 동공은 더 커진다.
농부의 대지는 찬 서리가 하얗게 내려앉고
계절의 시계가 자정을 넘어서자
가을의 흔적이 달빛 아래에서 마름의 넋을 달랜다.

자정의 시계는 남아있는 늦가을의 잎에
떠나야 할 시간을 각인시킨다.

내 안의 바람

바람이 분다.
들녘에 푸른 바람이 분다.
새싹이 외출하는 여린 울림의 바람이 분다.
동심의 어린 마음
움츠리던 가슴
꿈을 펴는 바람이 분다.

바람이 분다.
동면에 굳어진 능선 삐걱대는 소리
한 많은 울음
나무의 우듬지
물오르는 소리
동면의 바람이 떠나는 소리다.

바람이 분다.
춘삼월의 꽃바람
그보다 더 흥분되는 여인의 뽀얀 속살
치마 사이 외출하는 황홀한 바람이 분다.
숨 막히는 치맛바람이 무섭게 분다.

계절의 추억

추억이 덜컹거리며 창을 열고 들어온다.
허름한 카페의 따뜻한 벽난로
겉옷을 걸친 걸 보니
그해 겨울 너를 만나
처음 찾은 카페의 따뜻한 벽난로의 추억이다

낡은 스피커에서 흘러나오는
잊힌 계절의 포크송
"언제나 돌아오는 계절은 나에게 꿈을 주지만"
어느 가수 시월의 노래처럼

겨울이 추억의 머리를 비울 때
가을은 또 다른 추억을 만든다.
잊힌 계절
비워진 머리 가을이 채운다.

가을을 보내며

가을이 가고 있다는 것은
내가 조금 더 깊어지고 있다는 것
가을이 저문다는 것은
나를 조금씩 비워 내는 것이다.
가는 가을과 오는 겨울은
서로 어색하기는 별반 다를 게 없다.

가을은 서걱대고 겨울은 낯 갈이를 한다.
갈바람은 마른 낙엽 끌어안고 삭은 먼지만 날릴 뿐
가을이 간다고 겨울에 알리지 마라
마음은 벌써 잔설의 전령 앞에 대문을 열었다.

한 계절 너로 해서 울고 웃던 장미도, 추남도, 간다.
헐벗은 너의 가지가 바람에 부러진다.
머물고 싶었던 그 마음도 서럽게 아팠던 거야
이제 내려놓고 가거라.

산하에 붉게 태우고 울먹이던 가을아
그 아픈 상흔들은 하얗게 표백된 겨울이
순백으로 덮어줄 것이야
이제 돌아보지 말고 가거라.

딱 그만한 크기의 깨달음

지상에 사람들이 모여 사는 마을이 있듯이
천년을 침묵하는 산에도
종이 다른 나무들이 모여 사는
나무의 마을이 있다는 걸
산에 들어와서 알게 되었다.

서로 다른 음색의 소리가 조화를 이루고
같은 소리의 나무끼리 모여서 산다.
들풀도 작은 터를 잡고 살고 있었다.

가지 사이 한낮의 햇살은
나의 정수리에 뜨거운 깨달음의 땀방울을 쏟아내고
바람은 지나가는 나그네
어느 마을에 들러 하루의 이야기를 풀어 놓을까?

노을은 산마루 끝으로 숨 가쁘게 넘어가고
나무의 마을에 어둠이 내리면
나는 작은 물푸레나무
딱! 그만한 크기의 사람이 되었으면.......

가을 다시 와도 아플 텐데

고단한 하루가 어둠을 부르고
가을의 하루해가 수평선에 걸리자
검푸른 바다는 노을을 썰어 먹는다.

밤이슬을 등에 업은 갈바람의 스산함
선술집 외등도 졸고 있고
고독한 추남들 술잔도 바닥을 보인다.
달빛의 잔영은
추남의 외로운 그림자와 동행을 한다.

가을
와도 아프고
가도 아프다
우리 다음 해에 만날 때는
아픔 없이 따뜻하게 마주 볼 수 있기를…….

장미

하얀 터널을 지나
숨 쉬는 계절 앞에
화려하게 피워내며 지는 꽃
마른 가지 끝으로 느껴야 했다.

붉어지는 가시는 민가지만 흔들었고
가시의 끝은 인고의 시간을 끌어안고
붉게 피워냈다.

담장에도 피웠고
정원에도 피웠다.

외로운 가슴에는 사랑의 꽃으로 피웠고
이별의 아픈 눈물에는 싸늘한 등을 보이기도 하였다.
계절의 시간이 향기를 덮을 때 한 잎 서러운 눈물을 떨군다.

오, 꽃의 순수함이여!
오, 꽃의 모순이여!

달맞이꽃

붉은 세력에 눈을 감았고
푸른 꽃대만 바람에 흔들릴 뿐
꽃잎은 미소가 없었다.

까만 밤 달빛 아래
화려하게 피워내어
임 오시는 그 길에 달마중 간다.

유성이 떨어지는 밤하늘
달은 아득히 멀리 있어도
지평의 끝에서 불빛이 소멸할 때
이 밤 그리움의 꽃 한 송이 피워낼 뿐

풀벌레 애달픈 정사의 울음은 긴 밤의 연민
노란 꽃잎 활짝 피운 꽃술의 향기
밤이슬에 베인 상처 달빛 아래 울고 있는 꽃이야
밤을 새운 그리움의 갈증
새벽 동살 차가운 이슬에 입술을 닫는다.

다랑논

하루해도 쉬었다 가는 지형의 아름다움
사계절을 몇 해나 돌아왔나
침묵으로 다듬은 억겁의 세월
누렁이 울음소리는 풍요의 자장가

경계의 언덕
석축의 계단
선이 없는 멋대로의 지형
채우면 비워주는 자연의 순리

해무 속 새벽이슬
구릿빛 얼굴
굽은 허리의 쟁기질
그 무엇에 가슴이 먹먹하다

하루해는 풍요의 땅끝에서 머뭇거리고
해풍에 실려 온 운무가 황홀한 유영을 하자
바다를 끓이는 낙조는
노란 유채꽃에 풍경처럼 걸린다.

들풀

세한의 땅
뿌리의 촉수는 떨면서 느꼈을 것이다
물줄기는 다 보듬어 내지 못했다
뿌리의 노두는 한 줄기 빛을 그리워했을 것이다

솟구쳐 피어짐이
누구의 자리였나?
낯선 곳이라 서럽게 일어섰다

부는 바람 햇살 한 줌
그립다. 말 못 했고
차디찬 세력의 발끝 피지 못한 들꽃이 쓰러진다.

쓰러져도 꺾이지 말기를
미열의 숨소리 나는 살아 있음을 느꼈다

춤추는 꽃무릇

노을의 눈물이다
불꽃의 향연이다

물결치는 풀잎의 흔들림
긴 목울대 혈의 노래를 한다.

숫처녀 농익은 황홀한 몸짓
붉은 치마 들쳐 올려
세상을 유혹한다.

하늘도 붉어졌고
지평도 불태우는
저 핏빛의 물결
남풍의 바람에 흩날리는 여인의 머릿결

푸른 꽃대 수혈하는
핏빛 혈의 물결이다.

박(珀)

비탈진 이랑에 어둠이 짙게 깔리고
박(珀)의 억센 줄기는
이랑에 그물처럼 뻗어간다.

만월의 뿌연 달덩이
이랑에 툭툭 떨어진다.
숫처녀 엉덩이처럼 뿌옇고 희다.

푸른 잎 사이로 내민 엉덩이는
하나같이 하얗게 빛났다.
하얀 박꽃은
밤이슬에 꽃잎을 닫고
서둘러 가을을 보낸다.

하루쯤은 저 하늘 만월의 달빛이
없어도 좋을 것 같다.

도시의 소리

회색빛 도시의 아스팔트
검고 탁한 분열된 소음은
진공의 시간 속으로 소멸하여 사라질 뿐
음계도 박자도 없었다.

인도의 보도블록
생들의 엇박자 절규는
관객 없는 외침 허공에 흩날린다.

푸르게 홀로 흔드는
가로수 이파리의 노래는
혼절하여 땅으로 침전된다.

도시의 바람이 분열된 소음을 쓸어 모으자
한차례 소나기 빗소리로 조율한다.

바다로 가는 길

굽이진 길 서너 번 돌아서
들풀이 춤추는 낮은 언덕 두어 번 넘어서
검푸른 바다가 금빛 노을을 삼킬 때 바다로 간다.

한낮의 엉켜진 소음은 어둠이 한 조각씩 베어 먹고
바다에 이르지 못한 노을은
굴참나무 끝에 걸려
낮과 밤의 명암을 극명하게 그려내고 있다.

미역 줄기 미끄러운 언어는
파도와 날선 대화를 하고
따개비의 거친 언어는 갯바위에 산란을 한다.
조개들의 싱싱한 언어는
심해에서 바다와 흥정을 하고
파도의 언어는 공존하는 모두와 쉼 없는 대화를 한다.

언덕 위 해국은 노란 미소만 지을 뿐
달은 아직 뜨지도 않았는데
바다의 언어는 곤하게 잠이 들고 있다.

철새의 노래

무한 천상
굴곡진 지평
공계와 경계의 사이
한 점 무리의 날갯짓
환상의 모래예술을 그리다 지운다.

작은 원에서 큰 원으로
휘감아 도는 응집된 힘의 결정체
머나먼 여정
천년의 허공을 건너
저 달빛까지 갈 수 있을까?

저 희열의 몸짓
그들만의 언어인가?
지상은 침묵의 정적
바람의 기류만 흐를 뿐
낙조는 더 붉게 태우고 있다.

아! 자유는 그곳에 있었다.

안개비

지난밤 어두운 도시에 놀러 온 별들이
하얀 운무에 길을 잃을까
서둘러 귀가를 한다.

안개비 자욱한 새벽길
홀로 걷는 모두는 울어야 했고
흔들리는 풀잎도 울어야 했다.

가을이 지나간 서걱대는 강산은
하얀 운무 속에 나목으로 떨어야 했고
어둠을 밝히는 차량의 전조등
두 눈에 눈물이 흐른다.

하얀 장막 속에 숨어 우는 모든 울음은
누구도 무어라 할 까닭이 없었다.
어둠에 숨어 내린 안개비는
홀로 떠는 아픔들을 하얗게 덮어 주어야 했다.

멀리 희미한 햇볕이
따스한 희망을 안고 내려온다.

봄의 소절

거뭇한 땅
고개 내민 새싹의 음표
푸른 행진을 한다.

피었다 지는 꽃
음계의 저음
소절처럼 넘어가고,

숫처녀 입술 같은 꽃의 화피
아침이슬 또르르 떨어진다.

봄은 그렇게
실루엣의 여인처럼
보듬어 가야 한다 말하리라.

엉겅퀴야

갈기 세운 푸른 줄기 상처뿐인 심장이다.
가시 덮인 보랏빛 꽃이여
눈물에 베인 마음들에 피어 울고 있다.

밟히고 베인 상처 무엇을 버리었나?
들에 핀 슬픈 사연 피지 못한 사랑이야
가시 꽃으로 피어나라

가시 찔린 비명 쓰러져 눈물짓는 소녀야
가시 접어 품어보니 보랏빛 선혈이다.
넋이 되어 환생한 꽃이던가?

백발로 흐트러져 엉켜버린 가시여
고개 마루 임의 바람 흩날리는 꽃이거든
소녀의 넋이라 말해주고
가는 길에 피었거든 가엾게 보듬어 주소서

제 3부

있어 주어 행복한 건 너

마음 저민 곳으로

살다 보면
만나지는 인연 중에
너무 고운 너를 만나
시리도록 아름답게 다가올 때
네가 지나온 곳마다 비가 내린다.

마른 나의 가슴은
그리움의 비에 젖은 시간
연정에 쌈을 싸서 너의 향기 묻어두니
나는 너의 일부가 되었고
삶은 행복이고 기쁨은 한걸음에
너의 문을 열고 들어간다.

생이 다하는 그 날까지
그리운 사람이여
사립문 열어두고
너의 향기 기다린다.

오늘도 길을 가다
너 머무는 곳 어디쯤 바라보는 건

그대는 기억 하나요

외로운 창가
내 안에 숨 쉬는 그 이름 하나
가로등 불빛은 기억을 할까?
가로등은 불빛 아래의 이름만 기억을 한다.

머나먼 뭇별들이 밤의 노래를 한다.
별들은 그 이름 기억을 할까?
별은 너무 멀리 있어서 그 이름 알 수가 없다.

만월의 저 달은 그 이름 기억을 할까?
달빛은 너무 많은 걸 보아서
구름 속으로 숨어든다.

당신이었으면 참 좋겠습니다

휴식과 휴일은
삶의 충전을 주는 시간
같이하고 싶은 사람이
당신이었으면 참 좋겠습니다.

휴일 아침 마시는 한 잔의 커피
익숙한 믹스 커피보다는
근사한 카페의 바리스타가 내려주는
에스프레소의 진한 맛을 함께 느끼고 싶은 사람이
당신이었으면 참 좋겠습니다.

같은 하늘 다른 곳에 있어도
그 사람의 존재감만으로도 위로가 되고
생각만으로도 에너지가 되는
내 삶의 행복을 주는 사람
그 사람이 당신이었으면 참 좋겠습니다.

완전한 사랑은 아니더라도
기쁨과 행복을 함께 나누는 사람
내 이름을 불러줄 때 내 온몸이
녹아내리는 느낌을 주는 사람
그 사람이 당신이었으면 참 좋겠습니다.

여름의 연서(戀書)

여름이 가기 전에
떡갈나무 넓고 푸른 잎에
그대에게 여름의 편지를 씁니다.

끝이 보이지 않을 것 같은 여름도
바람의 풍화 작용
채색된 사색의 숲에서 자신을 태우고 있겠지요?

폭염의 늪에서 무덤처럼 지친 내 몸도
어둠이 더 깊은 어둠으로 다가와도
서쪽 하늘의 별이 따스함을 노래할 때
같은 하늘 아래 살고 있는 그대를
소리쳐 부를 수 있었기에
오늘도 이슬 젖은 풀잎에 짧은 시를 씁니다.

오늘도 그랬고
내일도 그러듯이
있어 주어 행복한 건 너뿐이라고 말합니다.

욕정의 순수함

세월은 나를 갉아먹지만
살아있는 열정의 가슴에
피 끓는 욕정이 꿈틀대자
사랑은 산으로 돌아눕는다.

박명 속으로 움직이는 산은 담을 쌓고 또 쌓는다.
허기진 욕정의 가슴은 모래성처럼 무너지나
벽을 타는 담쟁이는 퇴색한 주름뿐

담장 밑에 뿌리 내린
민들레 꽃 홀씨는 바람에 쓰러지는 눈물
생채기 같은 아픔은 그리움조차 이별인 것을

하얀 찔레꽃의 순수함
욕정은 안으로 삭이고
애욕의 바람은 속으로 울고 있다.

마음이 멈추는 곳

물이 흐르다 멈추는 곳이
검푸른 바다이고

산이 솟구치다 멈추는 곳이
드높은 천상이다.

바람이 불다 멈추는 곳은
무한 공계이며

내리는 비가 멈추는 곳은
드넓은 지평이고

해와 달이 멈추는 곳은
지구의 공전이 멈추는 곳이다.

무한대의 그대 마음이
멈추는 곳은 광활한 대기이다.

아니다,
그대 마음 담아내고 품어 줄
내 넓은 가슴이 그대 마음이 멈추는 곳이다.

담쟁이 사랑

저기 푸른 입술로
회색 담을 오르는 남자
열 손가락은 벽을 파고들고
입술은 말라서 타들어 갈라지고 있어

저 담장 너머에는
필시 붉은 입술의 여인이
그윽한 향기를 뿜어내고 있는 게야
그 입술이 쉬 허락하지 않거든

푸른 입술은 붉은 입술의 향기를 쫓고
터지는 심장의 박동 목마른 갈증
애달픈 입술의 힘겨운 날갯짓
울음에 말라버린 껍질
붉은 입술 숨겨놓은 마른 옹벽은
푸른 입술의 구애에 붉게 타들어 간다.

만월의 노래

바다에 떠 있는 만월은
어부의 뱃노래에 흔들려도 좋을 것 같고

호수에 떠 있는 만월은
한 잔의 술
파장에 흔들려도 좋을 것 같다.

강물에 떠 있는 만월은
갈대의 바람에 흔들려도 좋을 것 같고

내 심연 속 만월은
그녀의 그리움에 까만 밤 하얗게 지새우고
새벽의 끝으로 흔들려도 좋을 것 같다.

그대 하얀 얼굴 만월의 밝음이여

누가 말했어

아득한 밤하늘에 반짝이는 뭇별이
너 보다 빛난다고 나는 말하지 않았습니다.

알프스의 만년설이
너보다 하얗다고 나는 말하지 않았습니다.

푸른 바다 불결치는 은빛 분광이
너의 마음보다 곱다고 나는 말하지 않았습니다.

담장 위 춤추는 붉은 장미가
너의 입술보다 붉다고
나는 말하지 않았습니다.

그대는 아직 피우지도 않았거늘
이제 그대가
꽃보다 화려하게
뭇별보다 빛나게 피워 낼 시간이 오고 있다.

그렇게 올 것입니다

빗줄기의 소리가 더 크게 들릴 때
고요한 가슴의 심박 수는 빗속으로 뛰고 있고
마른 입술 타는 갈증은
비의 냄새를 갈구하는 목마름
그녀가 비가 되어 오는 소리입니다.

빗방울이 땅에 떨어져 흩어지는 파장에
소리 없는 아픔을 느껴봅니다.

홀로 하염없이 빗길을 걷다가
빗방울에 옷깃이 젖으면
어느 찻집에 들러 따스한 커피도 마셔보고
비에 젖은 까만 버찌의 영롱한 떨림
벚나무 아래도 걸었습니다.

처마 끝 떨어지는 낙숫물 소리
사랑의 연가를 들으며
그녀는 햇살 가득 하얀 미소로 올 것입니다.

꿈

까만 하늘 잿빛 구름은
달 속에서 비틀거리고
여름밤 매미의 울음은 음계도 없는 고음의 연주
육풍(陸風)에 흔들리는 한낮의 기억은
별빛 따라 꿈꾸는 끝없는 여행

어느 강기슭에 누워서 물새의 소리를 들었고
파도 소리 철썩대는 백사장도 걸었지
무지갯빛 황홀한 사랑도 했었다.

어둠이 새벽과 교차하면
효풍(曉風)은 창을 두드려 나를 깨운다.
햇살은 장막의 커튼을 열지만
간밤의 긴 여운은 또 하루의 꿈을 기다립니다.

불멸의 꽃

꽃이 피었습니다.
봄에도 여름에도
가을 겨울에도 피었습니다.

그러나 너무도 화려하게 피워 내었기에
스스로 져야 하는 아픔을 겪어야 했습니다.

하지만 언제나 깊은 향기를 뿌리는
시들지도 지지도 않는
꽃 한 송이 피어 있습니다.

모진 세파에 시들면
그대 앞에 다시 피워 드리겠습니다.

그대는 사랑의 샘물을 마시고 피어있는 인 꽃
내 안에 피어있는 심연의 꽃은
언제나 지지 않고 피어있습니다.

"꼭" 지켜 드리겠습니다.

사랑의 나무

나는 사랑의 이름으로
나무가 되고 싶었다.
그렇게 오래도록 푸석하지 않은
푸른 나무로 살고 싶었다.

그대 향기 품어 숲을 돌아오는 바람은
내 안에 굳어진 나목의 울음
쓸어가는 한 줌의 바람이었고
나무가 되어 기다리는 사랑이 되고 싶었다.

푸른 잎이 감홍빛으로 채색되어도
가지 끝에 걸려 떨고 있는 한 잎의 낙엽이 되어도
하루를 견디며 살아가는 나무가 되고 싶었다.

폭풍 한설에도 비켜설 줄 모르고
쓰러져도 다시 일어서는 심지 곧은 나무

아 달콤하다

한 잔의 커피 속에
그녀가 보인다.

어쩌나?

나도 커피 속에
퐁당 빠졌다.

임의 기다림

꽃들의 형용할 수 없는 몸짓
차마 바라보지 못하였고
버드나무 아래 밑동을 돌아와야 했고
많은 꽃의 유혹도 외면해야 했습니다.

지천으로 널려 있는 꽃들은 피고 지는데
아름다운 임의 꽃은 보지 못했습니다.
임의 꽃은 지지 않았습니다.

꽃 진자리가 연둣빛으로 물들면
아름다운 그 임은
도래샘 굽이져 흐르는 연둣빛 내 길을 돌아
하얀 찔레꽃을 보며 아름답게 올 것입니다.

"많이 견뎌 내었습니다."

조금 더 견딜 수 있습니다.

내일이면 오시려나

어두운 밤하늘에
하얀 그리움이 하염없이 내려온다.

그대 하얀 그리움과 함께 오시나요?
하얀 꽃눈이 마음을 물들이면
그대 고운 발자국 남기고 오시어요.

꽃이 시려 눈물 흘리면
무지갯빛 그리움과 함께 오시어요.

그대 오는 그 길에
눈물로 피워낸 꽃 한 송이 놓아 드리겠습니다.

하얀 꽃보다
고운 그대여

내 안의 사랑

생각하지 않아도
그녀의 꿈을 꾸었습니다.

울지 않아도
그녀의 눈물이 보입니다.

바람이 불지 않아도
그녀의 향기를 맡을 수 있습니다.

대답은 없어도
그녀의 이름은 늘 부르고 있습니다.

해가 지고 달이 떠도
그녀를 그리워하는 마음은
하루도 거르지 않았습니다.

그녀는 보이지 않아도 보였고
옆에 없어도 향기가 느껴지는
깊이도 알 수 없는 신기루 같은 내 안의 사랑입니다.

그녀의 대지(大地)가 되어

비가 슬프게 내리는 걸 보니
그녀가 슬퍼서 우는가 보다.

바람이 시리게 부는 걸 보니
그녀가 멀리 떠나는가 보다.

꽃망울이 꽃잎을 여는 걸 보니
그녀가 웃고 있는가 보다.

들풀이 춤을 추는 걸 보니
그녀가 즐거워하는가 보다.

강물이 여울져 흐르는 걸 보니
그녀가 노는 대지에
향기 그윽한 봄바람이 부는가 보다.

그녀의 모든 걸 품고 보듬어 감싸 주며
아름다운 그녀와 봄을 노래하는
나는 드넓은 대지이어라.
행복한 푸른 대지이어라.

너 때문에 (1) (별)

밤하늘에 작은 별 하나
빛나는 별이 되었다
너 때문이다
네가 그리울 때마다
별을 보았다
너처럼 빛나는 별이 되었다.

중독의 커피

눈부신 햇살이 커튼을 열고
하루의 마중을 한다.
습관처럼 한 잔의 커피를 마신다.

보고 품에 모아둔 눈물
그리움에 모아둔 향기를 넣어서
그녀의 해맑은 웃음으로 저어서
그녀의 이름으로 마셨습니다.

매일 마시는 커피는
커피를 마신 게 아니라 그리운 그녀를 마셨습니다.
내일의 하루도 커피를 마셔야 하는데
어쩌죠?
또 그녀를 마셔야 하니 말이죠?

커피 닮은 그녀, 그녀 닮은 커피
내일은 커피보다
더 진한 인 꽃의 향기로 내게 와 준다면.........

꿈 이야기

지난밤 꿈속에
그녀가 비가 되어 내리고
새벽이 창을 열자
그녀가 한 줌 햇살로 비추고 있다

그러나 돌아선 사랑은 얼음처럼 시리고
살을 에는 강바람은 그리운 그녀의 목소리
애달픈 갈증을 부른다.

누군가 다가와 어깨라도 내어주면
그 앞에 무너지고 말 것 같은
그러나 그녀의 향기는 밤이 되면 별이 되어 내리고
나는 다시 비 내리는 꿈을 꾼다.

아침의 햇볕이 창을 비추고
그리운 마음이 커튼을 열자
그녀가 엿보고 있다.

그대 이름으로 기다리는

비가 오면 우산이 되어 주고
햇볕이 비추면 그늘이 되어주는
눈이 오면 상고대의 하얀 그리움이 되어
그렇게 오래도록 그대 기다리는 나무

아프게 그리워해도
산을 넘고 돌아오는 메아리가 나를 채찍 해도
그렇게 깊이도 알 수 없는 내 안의 울음은
새벽이면 별이 되어 살아지는 외로움의 나약함보다
더 올곧게 서 있는 나무가 되고 싶었다.

종래는 썩은 등걸이
한 줌 재로 흩날려도
그대 이름으로 천년을 살고 싶은
한 그루 나무가 되고 싶었다고 말하리라.

꽃잎에 베인 마음

밤새 비바람이 불더니
하얗게 꽃눈이 내렸다
차마 밟을 수가 없었다.

만개한 벚꽃의 가지가
시리게 떨고 있다

낙화의 아픔에
바라보는 마음이 꽃잎에 베이었다
아직도 비는 내리는데.......

꽃

한 잔의 커피에
그녀의 꽃이 피었고
향기가 스며들었다.

향기는 마시고
비워진 잔에는
그녀의 꽃을 피웠습니다.

그녀 앞에 서 있는
행복한 시간입니다.
커피보다 진한 그녀의 향기입니다.

별

별이 진다고
너도 지지 마라.
너는 아직 피지도 않았거늘

이제,
그대가
자 하늘의 뭇별보다 반짝이고
들에 핀 꽃보다 아름답게 피워 낼
시간이 오고 있다.

내 사랑에 겨울이 오면

참 많이도 부족한 내가
너무도 아름다운 그녀를 사랑해서
천상에서 하얀 사랑이 내린다.
겨울바람은 사랑을 쓸어 담아 저만큼 내달린다.

어두운 뒷골목 포장마차의 희미한 백열등
쓸쓸한 사내의 술잔은
지독한 시간의 독주를 마시며
그리운 사랑을 부르고
별이 되어 내린 사랑은 하나둘 술잔에 떨어진다.

사랑하는 그대여 하얀 눈이 순펑순펑 내리면
설국이 하얗게 덮은 산으로 가자
산 꿩이 날고 부엉이 울음 우는
볕 잘 드는 언덕에 하얀 설국의 집을 짓고 살자.

아침의 햇볕이 창을 열면
상수리나무 상고대 아래
하얀 발자국 남기며 설국의 언덕에 올라
그대와 나 사랑의 아리아를 노래하자.

사랑의 기도

사랑을 해도 내가 하고
아파해도 내가 아파할 거라고
힘들어도 사랑하고 혼자라도 사랑할 거라고
내가 그랬습니다.

내 눈에는 너만 보인다고
오늘이 마지막인 것처럼
오직 한 사람을 기다리는 사랑은
영원할 것이라고 내가 그랬습니다.

날개 잃은 가여운 새가 되어
눈물샘 마를 날 없어도
추락하는 아픔에 깨어나지 못한다 해도
그래도 사랑하겠다고 내가 그랬습니다.

오직 한 사람을 기다리는 사랑은
영원할 것이라고
내 고운 그대에게 내가 그랬습니다.

큰 바위가 되어

마른 산국화 한 묶음
벽에 걸어 떠나간 가을을 부르고
바람에 덜컹대는 창문 틈 바람 소리는
떠나간 그녀를 부른다.

익숙한 향기 시선을 외면한 채
흔적만 남겨두고 홀연히 떠난 그대
머물던 자리 남은 향기와 쉬 이별을 하지 못 하네

그대여 늦게라도 돌아와 나를 불러준다면
나 너무도 기뻐할 텐데
애달픈 마음 두 눈은 하늘만 쳐다보고
그대 떠난 인도의 차가운 보도블록
가로수 마른 가지만 바람에 서걱거린다.

헐벗은 마음은 길 위에 석고처럼 굳어 젖고
그대 다시 돌아오는 그 길에
내 작은 돌이 되어 누우리라
천년을 그대 기다리는........

그리움에 눈이 내리면

별이 우는 밤하늘에
함박눈이 소복소복 내린다.

하얀 눈이 유리창에 부딪혀
눈물 되어 떨어지고
추억이 나를 깨우면
눈 내리는 언덕에 올라 너의 이름을 불러봅니다.

순백의 세상은 설 꽃으로 아름답게 채색되지만
내 안에는 네가 없어 마름의 가슴만 까맣게 태운답니다.

하늘 가득 어둠이 내리면
그리운 마음은 하얀 눈이 되어 내리고
떠나간 기억은 겨울 나목에 걸려 너무도 추워 보인다.

서리꽃의 겨울바람
추운 가슴이 옷깃을 여미자
어디서 군밤의 구수한 향기가 걸어온다.

너 때문에 (2) (꿈)

영화관에서
영화 같은 꿈을 꾸었다
너 때문이다
너 생각에 잠이 들어
꿈을 꾸었다
영화처럼 사랑하는 꿈을 꾸었다

내일은 더 좋을 거야

나를 깨우는
아침의 햇살이 너무도 좋다

아침에 눈을 뜨면
떠오르는 하얀 얼굴
꽃 같은 미소를 짓는
네가 있어서 하루가 너무도 좋다

한 잔의 커피에
너의 향기가 진하게 녹아든다.

모닝커피 한 잔에
떠오르는 너의 모습
맑은 두 눈의 혜안이 너무도 좋다

그리운 너의 향기
바람 따라 저 산을 넘어오면
하얀 구름 푸른 하늘에
너의 이름 불러보는 오늘 하루가 너무도 좋다

하얀 기도

하늘도 슬퍼 잿빛 가득한 어느 날
영혼의 아픔들이
바늘로 하늘에 작은 구멍을 낸다.

천상에서 하얀 천사들이
환희의 몸짓으로 흩날리며 내려온다.

세상이 순백의 옷을 입으면
나는 그것을 관조할 것이며
아무 생각도 아무 말도 하지 않을 것이야

그저 자연의 경이로움에
내가 숙연해짐을
너의 맑은 옷에 까만 글을 써 내릴 것이야

세상의 아픈 굶주림을
너의 하얀 순백으로
하루만 채워 달라고 기도할 것이야

그대

내가 눈을 뜨면
내 몸의 반쪽을 가져가 버려
그리운 욕망으로 채우고 있는 사람아

가끔 허공에 흩뿌려 나를 부르는 노래여
무거운 베이스 바람의 메아리
아찔한 음색이어라

그녀가 부르면 갈 수 없는 그곳도
사랑의 음을 타고 활짝 핀 피안의 모습으로
해 뜨는 언덕에 올라 사랑의 아리아를 부른다.

기다림의 시간은 내일도 가는데

그대 그리운 밤이면
달그림자 창에 기대고
가슴속 밀려오는 그리움
목울대 멍울져 말 못하는 하얀 숨소리
커피보다 진한 향기 그리움을 마시고
구멍 난 하늘에 별들의 수를 헤아려본다.

그대 사랑의 깊이가 얼마나 되는지
내 사랑을 곱씹어보고
이 사랑을 놓을 수 없는 침묵의 시간
미완의 결심들,
마음의 갈피마다 기다림의 등불을 피우고
묵음의 나이테 하나씩 그려간다.

부엉이 울음소리
문풍지 바람도 잠이 들고
그리운 마음이 겉옷을 입을 때
하얀 여백의 지면에
별들의 언어로 사랑의 시를 써 내립니다.

기대는 체념을 낳겠지

있는 듯 없는 듯
그녀는 소리가 없는데
하얀 찔레꽃의 순수함,
석고처럼 굳어져야 했나
무엇이 이렇게 끌어당기나
그저 힘없이 주저앉아야 했다.

잿빛 하늘은 금세 비를 뿌릴 것만 같은데
잊으려 힘겹게 일어서 걸어보지만
마음은 이미 그녀의 맑은 두 눈에 빠져 버렸고
한걸음 걸으면 두 걸음 돌아서는 마음은
차마 돌아가지 못하고
그녀의 향기가 느껴질 때 몸서리를 쳐야 했다.

그리운 가슴이 요동을 치자
슬픔은 바람으로 울고 있고
돌아온 가슴은 등골이 시리도록 아파서 운다.
이슬 터는 풀잎에도 가슴은 늘 젖어 있어야 했고
이런 바보 같은 나를 한 번만 더 불러 주면 안 되겠어?

사랑의 미로

당신을 사랑한
크기를 재면은 얼마나 클까?

당신 그리움에
흘린 눈물의 깊이를 재면은 얼마나 깊을까?

외로움에 홀로 걸어온
킬로수를 재면은 몇 킬로나 될까?

당신 보고 품에
새운 밤들을 세어보면 몇 밤이나 될까?

당신 머무는 곳 아름다운 하늘
바라본 시간을 재면은 몇 시간이나 될까?

당신과 좁혀지지 않는 거리
얼마나 많은 시간이 필요할까?

이 알 수 없는 미완의 숫자들
얼마나 더 채워야 할까?

떠나보낸 바람 한 움큼 움켜쥐고
미완의 인생 독백으로 새김질한다.

기다려 스스로 피우는 것을

일상의 하루는
너를 꿈꾸는 가슴의 작은 희망
하루를 견디며 살 수 있는 것은
네가 있기 때문이라지만
뿌리 깊은 나무는 바람에 흔들리지 않았고
삭풍의 바람에도 가슴으로 울어야 했다

길이 있어도 갈 수 없고
마음이 있어도 주지 못해
애타는 마음은 시름만 깊어가고
엇갈리는 운명 억겁의 실타래
반을 풀면 한 뭉치로 꼬여갔다

너 있는 하늘의 별이 하나둘 멀어지면
그리운 마음은
별들의 수를 헤아리며 잠이 들고
그녀가 부름으로 올 때까지
시간은 아침으로 멈추질 않는다.
기다리는 사랑은 존재감만으로도 아름답습니다.

하얀 향기

하얀 찔레꽃 순백의 향기
내 길을 돌아 굽이쳐 흐르는 개울가
낮게 숨어 피어 있느냐?

수정 빛 개울물 쏟아지는 햇빛의 분광
굽이치는 작은 파장
흔들리는 하얀 숨결

그대 고운 살결은
하얀 찔레꽃의 향기
가슴 깊이 품은 건
하얀 순백의 마음

나는 이미 혼절할 만큼 취해 있는데
익숙한 이 향기는 모성의 어머니 초유의 젖 향기이다.

하루쯤은

비가 내리면
비를 맞고 걸어도 좋을 것 같고
사랑하는 그대와 둘이서
빗속을 걸어도 좋을 것 같다.

혼자서 깊은 사색에 잠겨 걸어도 좋을 것 같고
한잔의 진한 에스프레소의 커피를 들고
창가에 기대 유리창에 부딪히는
빗소리를 들어도 좋을 것 같다.

빗방울이 마른 대지에 떨어져
기포가 생기는 뽀얀 흙먼지
냄새를 맡아도 좋을 것 같고
감미로운 비의 노래를 들으며
옛 추억에 젖어 눈시울 붉혀도 좋을 것 같다.

꿈의 태엽

가슴속 눈물로 채워진 그대 그리움
그대 흔적 볼 때마다
심장은 온몸에 펌프질
혈관은 빠르게 움직인다.

목마른 퍼덕거림은 기다림의 갈증
그대 이름 부르다 지쳐 잠이 들 때
비워지는 가슴은 무엇으로 채우나
별이 없는 달밤에는 달그림자 이불 삼아
구름다리 빌려 타고 너에게로 건너간다.

아침이 흔들어 나를 깨우면
구름다리 건넌 지난밤의 꿈을
아침 이슬 털기 전에
기억의 태엽을 감아서
이슬 맺힌 유리창에 곱게 써 내립니다.

가을의 연서

여름이 가고
가을이 오는 교차의 틈새
저무는 여름이 슬프게 울어댄다.

유리창을 때리는 빗방울 소리
여름은 방울 되어 떨어지고
그 위로 떨어지는 작은 빗방울이
가을을 품고 내리면
바람이 두드리는 낡은 창문은
떠나는 여름새 매미의 절규처럼 덜컹거린다.

그녀의 하얀 얼굴이
가을빛으로 붉어져 가면
아직도 진행형인 내 사랑에
붉음이 더 붉어져 땅으로 내려올 때
하얀 백지의 여백에 가을의 긴 연서를 씁니다.

이 가을 깊이도 알 수 없는 계절병
그건 내 몫의 그리움이라고

가을 너 때문에

가을의 나무에서
푸름의 끝을 태우는 나뭇잎이
짙은 향기를 머금고 그녀에게 떨어져요.

아직 붉지 못해
여백이 남은 나뭇잎도
그녀의 붉은 입술로 채우려고
그녀에게 떨어지고 싶었나 봐요.

내 사랑의 나무도
붉은 파문을 일으키며
그녀에게 등을 대고 눕는다.

이 가을
당신의 붉은 입술에 녹아들고 싶어서요.

부르고 싶은 이름 하나

너의 이름을 부를 때
깨어 있었으면 좋겠고
나를 보고 있었으면 좋겠다.

너의 이름을 부를 때
웃고 있었으면 좋겠고
너에게 안개꽃 한 다발
안겨주면 좋겠다.

너의 이름을 부를 때
비가 내려 그대 기쁜 눈물이
내 가슴에 뜨거운 온천을 만들어 주면 좋겠고
일곱 빛깔 무지개 위에 너의 이름을 곱게 썼으면 좋겠다.

그댈 보고 돌아와도
허기진 그리움에 마음이 길을 나서면
가슴속 묻어둔 이름 하나 애타게 부르고 있습니다.

깊은 연정

넓은 지평
자리 잡고 우뚝 선
청청한 고목의 굵은 가지가 듬직해 보인다.

천년의 세월은 철주를 박아 봉인을 하고
하루의 굴레 풀지 못한 타래의 매듭은
옹이로 굳어졌다

땅거미가 산기슭에 기어들면
가지 끝 나뭇잎은 인고의 시간을 기다리고
빛바랜 잎사귀는 바람의 끝으로 떨어진다.

심연 속 깊어지는 연정
침묵으로 일관하는 허세
경계의 담을 쌓고 또 쌓는다.

기다림의 갈증은 가지 끝에 걸어두고
시간은 봉인된 세월을 흔들어 깨운다.
산모퉁이 휘돌아온 바람에
청청한 고목의 가지는 굵어지고 깊어진다.

갱년기가 왔어요.

하얗고 빨간 아름다운 자태
고운 나무가 하나 있었지
열 번 찍어 넘어가지 않는 나무 없다 하여
열 번을 찍었지 도도한 자태 넘어가지 않는다.

수도 없이 더 찍었지
완숙미가 넘치는 정숙함의 자태
향기만 더 뿌리고 장승처럼 굳건하다
찍다가 지친 목마른 사내가 물어본다
왜 그리 버티세요?

저요!
이젠 감정도 열정도
다 메말라서 아무 느낌도 없는 걸요
그만 포기하세요?
그럼 향기는 왜 풍기세요?
저도 여자이고 싶은 건 어쩔 수 없나 봐요

뭇 사내 갈증 난 마음만 갈급하다.

앵두

눈물이 떨어진다.
붉은 눈물이 떨어진다.
푸른 치마 걷어 올려 농익은 속살 한번 보았으면
순백의 하얀 꽃 여인의 초경은 멀었나 보다
말간 열매는 소녀의 속살
붉게 물드는 몸짓
발그레 솟아오른 여인의 젖몽이다.

"많이 보고 싶었습니다."

붉은 것은 어머니 모성의 입술
사랑하는 여인의 입술
남풍 불면 어이 하나 수절하는 여인이여
가지 사이 비집는 햇살 한 줌
울지 말고 꺾이지 말기를
하얀 부활의 입김
그 입술 붉게 지켜 드리겠습니다.

욕정의 장미

묵언의 어둠
숨죽인 미열의 아픔
회색 담장 이슬 털며 가냘픈 민가지만 흔들었다.

차가운 밤이슬 유혹의 바람
마른 가지 껍질에 음기가 오르자
푸른 가시 촉수를 세운다.

격정의 계절
속살 열어 붉게 태우는 꽃잎의 연정
어느 여인의 홍조 띤 얼굴 입술을 닮았다.

붉은 꽃봉오리 욕정은 담장을 넘고
가시는 붉은 발기를 세운다.
양기의 유혹 푸른 잎은 장막을 친다.
허기진 욕정 많이 수절하였습니다.

붉은 욕정의 입술
밤이슬 안개 속에 잠재우고
이 밤 한 잎 서러운 눈물을 흘린다.

커피 한잔으로 널 좋아할 수 있다

아침 모닝커피를 타는데
그녀의 향기가 난다
나만 맡을 수 있고 느낄 수 있는
그녀의 달콤하고 깊은 향기이다
누가 알면 그 향기는 사라져 버린다.

커피 한잔을 타서 마신다.
한 모금에 그녀 향기 한 모금
두 모금에 내 그리움 두 모금
커피 세 모금에
그녀의 향기와 내 그리움을 모두 넣어 마셨다.

이제야 알 것 같다
커피 한잔으로 널 좋아할 수 있다는 걸
굿모닝 커피다
오후 커피 시간이 기다려진다.
오후 커피는 그녀의 어떤 향기가 날까?

난, 이제 너 없이도 널 좋아할 수 있다.

자연에 시를 짓고
있어 주어 행복한 건 너

한기봉 시집

초판 1쇄 : 2017년 9월 30일

지 은 이 : 한기봉

펴 낸 이 : 김락호

사　　진 : 김혜정

디자인 편집 : 이은희

기 획 : 시사랑음악사랑

인 쇄 : 청룡

연 락 처 : 1899-1341

홈페이지 주소 : www.poemmusic.net

E-Mail : poemarts@hanmail.net

정가 : 12,000원

ISBN : 979-11-86373-89-7